La Surprise Magique

"Maman C'est Quoi Les Règles".

Je Suis Léa et ma maman m'a lu cette "Belle histoire"

Martine . S

Édition : BoD · Books on Demand, 31 avenue Saint-Rémy,
57600 Forbach, bod@bod.fr
Impression : Libri Plureos GmbH, Friedensallee 273,
22763 Hamburg (Allemagne)
ISBN : 978-2-3224-7880-4
Dépôt légal : Février 2025

30/10/2024

LA SURPRISE MAGIQUE.

c'est quoi le Maman règles ?

30/10/2024

DES MÊME AUTEURS

— AU DELA DU JEU.
— LES PASSANTS QUI PASSENT.

30/10/2024

LA SURPRISE MAGIQUE
Maman C'est Quoi Les Règles

Chapitre 1: Conversation spéciale.

Maman, avec son sourire rassurant et ses yeux pétillants de bienveillance, prit doucement la main de Léa. Elle sentait que le moment était venu de parler de choses sérieuses, de ces sujets qui marquent le passage de l'enfance à l'adolescence. Léa, bien que curieuse, ressentait une légère appréhension. Mais la présence réconfortante de sa mère dissipait peu à peu ses inquiétudes.

— Ma chérie, commença maman d'une voix douce, « tu sais que tu grandis et que ton corps va bientôt commencer à se transformer. C'est une étape importante dans la vie de chaque fille, un moment où l'on   commence à devenir   une   femme.

Léa écoutait attentivement, ses grands yeux bruns fixés sur ceux de sa mère. Elle sentait que ce moment était spécial, une sorte de rite de passage que toutes les filles devaient traverser. Maman continua, expliquant avec une clarté et une tendresse infinies les changements que Léa pourrait bientôt observer. Elle parla de la puberté, de la croissance, des nouvelles sensations, et surtout, de la première rencontre avec les règles.

— C'est une aventure, dit-elle en souriant, une aventure que toutes les femmes connaissent. Et tu n'as pas à t'inquiéter, car je serai là pour te guider à chaque étape.

Léa sentait un mélange d'excitation et de nervosité monter en elle. Mais la voix apaisante de sa mère et son sourire réconfortant la rassuraient. Maman expliqua avec des mots simples et des métaphores poétiques comment le corps de Léa allait évoluer, comment chaque changement était un signe de croissance et de maturité.

— Tu verras, ajouta maman, c'est comme un jardin qui fleurit. Chaque fleur qui s'ouvre est un signe de la beauté et de la force qui grandissent en toi.

Léa était captivée. Elle ressentait une profonde gratitude envers sa maman pour cette conversation honnête et ouverte. Elle savait qu'elle pouvait poser toutes les questions qui lui traversaient l'esprit sans craindre d'être jugée ou incomprise.

Maman répondit patiemment à chaque interrogation, dissipant les doutes et les peurs de Léa avec des explications claires et des anecdotes personnelles. À la fin de leur conversation, maman prit Léa dans ses bras et lui murmura :

— Je suis tellement fière de toi. N'oublie jamais que je serai toujours là pour toi, à chaque étape de cette belle aventure. Le sourire illuminant le visage de Léa annonçait le début d'une nouvelle phase de sa vie, une phase remplie de découvertes et de merveilles. Elle se sentait prête à affronter ces changements, forte de l'amour et du soutien inconditionnel de sa maman. Ensemble, elles allaient naviguer ces eaux inconnues, main dans la main avec confiance et sérénité. ...

Il est également important d'expliquer à la jeune fille comment utiliser les tampons et les serviettes hygiéniques. De nombreuses filles trouvent qu'il est plus facile de commencer avec des serviettes hygiéniques, mais l'utilisation des tampons ne pose aucun problème dès le départ, il faut simplement s'y habituer. Il est conseillé de lui suggérer d'avoir des tampons dans son sac à main dès que ses seins commencent à se développer.

Chapitre 2 : La Surprise Magique

Le crépuscule s'était installé, enveloppant la maison d'une douce pénombre. Léa et sa maman étaient de nouveau installées dans le salon, bercées par la lueur tamisée des lampes et le crépitement apaisant du feu de cheminée. Ce soir, une atmosphère particulière régnait, une sorte de magie flottait dans l'air. Maman regardait Léa avec des yeux remplis de tendresse, prête à partager une histoire spéciale, une histoire qui allait marquer une nouvelle étape dans la vie de Léa.

— Ma chérie, laisse-moi te raconter une histoire extraordinaire, appelée la 'Surprise Magique', commença doucement maman, sa voix douce comme une caresse. Léa, les yeux pétillants d'impatience, se blottit un peu plus contre sa maman, prête à se plonger dans le mystère   de cette   révélation.

C'est une histoire que chaque fille découvre à un
moment ou à un autre de sa vie, continua maman. Un
Au fond de chaque fille se trouve un lieu magique, un
endroit où les rêves deviennent réalité et où tout est
possible.

Léa, captivée par les paroles de sa mère, imaginait déjà ce
lieu enchanteur à l'intérieur d'elle-même. Maman
poursuivit, son regard rempli d'amour et de bienveillance.

— Chaque mois, comme par magie, le corps de la fille
se prépare à une possibilité extraordinaire : celle de
créer la vie. C'est un processus délicat et merveilleux
que l'on appelle l'ovulation. Ton corps libère un petit
œuf, en préparation d'une possible rencontre avec
une graine magique. Léa écoutait attentivement, les
yeux grands

ouverts, absorbant chaque mot. Elle visualisait ce petit
œuf, cette graine magique, et ce nid douillet que son
corps préparerait chaque mois comme un rendez-vous
précieux

—Tu vois, ma chérie, dit maman avec un sourire, c'est
comme si chaque mois, ton corps préparait un petit nid
douillet dans l'espoir qu'une graine spéciale vienne s'y
installer. C'est une merveilleuse Surprise Magique qui se
produit naturellement chez toutes les filles à mesure
qu'elles grandissent et avance dans l'âge. Les yeux de Léa
s'illuminèrent d'émerveillement. Elle commençait à
comprendre le caractère sacré et naturel de ce processus.
Maman continua à décrire avec simplicité et poésie
comment la nature offrait cette possibilité aux filles,
même si elles étaient encore Bien trop jeunes pour devenir
mères.

— C'est la beauté naturelle de la vie, expliqua maman, «
un incroyable miracle que ton corps accomplit chaque
mois. Ce lieu magique en toi est un symbole de la force

et de la beauté   de la femme.

Léa sentit une profonde connexion à quelque chose de plus grand qu'elle-même. Pour elle, la Surprise Magique prenait une signification toute nouvelle. Maman avait réussi à transmettre avec amour et simplicité la poésie de ce processus naturel, créant un lien indéfectible entre elles.

— N'oublie jamais, conclut maman en embrassant tendrement le front de Léa, que ce lieu magique est une partie naturelle et magnifique de devenir une femme. Et je serai toujours là pour toi, à

chaque d'étape cette très jolie aventure. Léa, le cœur rempli d'amour, se blottit encore plus contre sa maman. Elle se sent affronter les changements à venir, forte du soutien inconditio mère. Ensemble, elles allaient naviguer ces eaux inconnues, n main, avec confiance et sérénité.

Chapitre 3: La Visite Mensuelle

Lors d'un moment intime, Maman et Léa étaient assises côte à côte. Après une profonde inspiration, Maman aborda un sujet délicat mais crucial.

— Ma chérie, nous devons discuter de quelque chose appelé la Visite Mensuelle, dit-elle doucement. Toutes les filles reçoivent régulièrement une invitée très spéciale.

Intriguée, Léa se tourna vers sa mère, prête à en savoir plus sur cette visite mystérieuse.

— Tu vois, chaque mois, le corps des filles se prépare à accueillir cette invitée. C'est comme une amie qui vient nous voir régulièrement, chaque Mois apportant avec elle des signes de féminité et de santé, expliqua Maman.

Léa écoutait avec attention, cherchant à comprendre la

métaphore de son amie énigmatique. Sa mère continua en expliquant que cette invitée mystérieuse est une étape normale et naturelle dans la vie d'une femme. C'est un signe que le corps fonctionne correctement et se prépare à accueillir la vie, même si Léa était trop jeune pour être maman.

Avec délicatesse, sa mère choisit des mots rassurants pour expliquer cette expérience comme un événement naturel et positif. Elle partagea comment chaque mois, le corps créait un environnement exceptionnel pour cette invitée.

— C'est un peu comme si le corps préparait une fête chaque mois, prêt à accueillir cette amie spéciale, dit-elle avec un sourire. C'est une partie de ce grand voyage pour devenir une femme, et c'est une

amie   de toutes   les femmes   du monde.

Léa, rassurée par la métaphore amicale de l'Invitée
Mensuelle, commença à cheminer vers la femme qu'elle
deviendrait un jour. La normalisation de ce processus
était la clé de la conversation délicate entre mère et fille.

— Ma chérie, c'est une partie merveilleuse de grandir, et
je suis là pour t'aider à comprendre et à accepter cette
invitée spéciale avec amour et confiance, conclut
Maman par une étreinte réconfortante.

Léa, sentant le soutien aimant de sa mère, commença à
voir l'Invitée mensuelle comme une compagnie amicale
qui faisait partie intégrante de son chemin vers la femme
qu'elle deviendrait un jour. La compréhension et la
normalisation de ce processus étaient les clés de la
conversation délicate entre mère et fille.

Les protections.

— Imagine que chaque protection est comme une étoile

étincelante, émettant sa propre lumière et sa propre magie, expliqua Maman en utilisant une analogie pour faciliter la compréhension du sujet.

 Il y a de étoiles petites et discrètes, et

autres plus grandes et plus brillantes. Maman poursuivit en expliquant comment les petites étoiles, telles que les tampons, étaient pratiques et discrètes, alors que les étoiles plus grandes, comme les serviettes hygiéniques, offraient une protection douce et constante.

— Les petites margottes sont comme des étoiles qui veillent silencieusement sur toi, offrant une protection douce et constante tout au long de la journée, expliqua Maman. Elles sont écologiques, confortables et faciles à utiliser. Comme une étoile fidèle dans le ciel nocturne, elles sont là .

pour   te   guider   et   te   soutenir. Maman énuméra également d'autres étoiles, comme les cups, expliquant que chacune avait sa propre brillance unique. Elle souligna l'importance pour Léa de choisir celle qui lui apporterait le plus de confort et de confiance.

— Ainsi, ma chérie, tu as le pouvoir de choisir parmi ces étoiles brillantes pour rendre cette période aussi agréable que possible, conclut Maman, offrant à Léa une vision éclairante sur les différentes options.

Léa, éclairée par cette métaphore stellaire, se sentit prête à explorer ce cosmos de choix et à découvrir quelle étoile mensuelle serait la plus adaptée à sa propre galaxie.

Maman et Léa étaient confortablement installées dans un coin douillet de leur chambre, baignées dans une douce lumière tamisée. D'un sourire bienveillant, maman entama une discussion sur les différentes façons de prendre soin de soi pendant la période de l'Invité Mensuelle.

Chapitre 4: Prendre Soin de Soi Pendant la Visite Mensuelle

— Ma chérie, parlons maintenant des étoiles mensuelles, commença-t-elle, en faisant allusion aux différentes options de protection disponibles. Tout comme les étoiles dans le ciel, il y a une variété de moyens lumineux pour rendre cette période plus confortable. Curieuse, Léa regardait attentivement sa mère, Prête à en apprendre davantage.

— Tu verras, il y aura des moments où tu pourrais te sentir frustrée, peut-être un peu déconcertée par cette nouvelle réalité, expliqua maman. C'est normal de ressentir cela. Moi aussi, quand j'étais jeune, j'ai dû apprendre à comprendre et accepter ces changements. Maman partagea quelques-unes de ses propres expériences, soulignant qu'il était tout à fait naturel de se sentir perdue au début. Elle raconta comment elle avait testé différentes protections hygiéniques, rencontrant parfois des défis inattendus mise en place périlleuse.

— Lorsque tu commences, cela peut être accablant, ma chérie. Mais ne t'inquiète pas, les choses s'amélioreront au fur et à mesure, dit maman avec un sourire rassurant. C'est un voyage personnel où chacun découvre ce qui lui convient le mieux, avec une mise en œuvre rapide, simple et pratique, tout en offrant confort et sécurité. L'application est facile à utiliser et suffisamment discrète pour passer inaperçue.

Elle partagea comment elle avait progressivement appris les bienfaits de différentes protections et comment elle maîtrisait l'art de gérer les crampes. Maman souligna l'importance d'être patiente et d'essayer différentes options pour trouver la solution idéale pour chaque individu.

— He ! ma belle, quand les règles débarquent, ça peut faire flipper « disait une pub dans un film ». Mais pas de panique, ça devient plus facile avec le temps! m'assura ma mère avec un sourire rassurant. C'est un vrai parcours de combattante et tout le monde doit trouver ses astuces. Elle expliqua comment elle avait testé différentes protections et astuces pour soulager les crampes. Maman Insista sur l'importance d'être patiente, de ne pas se décourager et d'essayer de trouver la solution qui lui conviendra parfaitement pendant cette période.

Léa, rassurée par les récits de sa mère, se sentait soutenue et encouragée à aborder ces défis avec confiance. Elle comprit que, même si des frustrations pouvaient survenir, elles seraient temporaires et pouvaient être surmontées avec le temps.

— Je suis là pour t'aider à naviguer dans ces moments, ma chérie. C'est un voyage que nous faisons ensemble, conclut maman, offrant à Léa un soutien inébranlable pour les mois à venir. C'est comme si tu ouvrais un nouveau chapitre de ton livre de vie, ma chérie. Un chapitre qui t'apportera de nouvelles expériences, de nouvelles compréhensions et, surtout, une plus grande connaissance de toi-même, dit maman avec une émotion sincère. Elle expliqua que chaque défi et chaque joie de cette nouvelle phase étaient des éléments précieux du voyage vers la maturité. Maman mit l'accent sur l'importance de l'acceptation de soi, de l'amour-propre et de la confiance envers le corps qui évoluait.

— Souviens-toi, Léa, que chaque femme passe par ces moments. Ce n'est pas juste un changement physique, mais aussi une opportunité de mieux comprendre et d'apprécier ton corps. Tu es forte, et avec le temps, tu trouveras ce qui te convient le mieux.

Léa, émue par les paroles de sa mère, se sentit prête à embrasser cette nouvelle phase de sa vie. Elle savait qu'avec le soutien aimant et éclairé de sa mère, elle pourrait traverser cette étape avec confiance et sérénité.

— Merci, maman, murmura Léa en se blottissant contre elle. Je suis heureuse de pouvoir compter sur toi.

Et ainsi, sous la douce lumière tamisée de leur chambre, entourée de l'amour et de la sagesse de sa mère, Léa se prépara à accueillir avec confiance et sérénité l'Invitée Mensuelle et tout ce qu'elle apporterait dans sa vie.

Chapitre 5 : Frustrations et découvertes.

Ma chérie, il est temps de parler des frustrations et des découvertes qui accompagnent parfois la venue de y commence maman en regardant Léa droit dans les l'Invitée Mensuelle, yeux.

— Chaque femme, moi y compris, a traversé ces moments.

Léa, attentive, ressentait l'importance des paroles de sa mère, prête à en apprendre davantage sur ces expériences partagées. Elle savait que ce moment de conversation marquait une étape importante dans sa vie.

Maman prit une profonde inspiration avant de continuer. —Tu vois, Léa, les règles ne sont pas seulement une affaire de biologie. Elles sont aussi une partie de notre identité en tant que femmes. Certains jours, tu te sentiras peut-être plus fatiguée ou plus émotive, et c'est tout à fait

30/10/2024

normal. Il est important de comprendre et d'accepter ces sentiments.

Léa hocha la tête, absorbant chaque mot. Elle avait entendu parler des règles à l'école et de ses amies, mais entendre sa mère en parler donnait à ce sujet une tout autre dimension avec une compréhension totale.

— Il y aura des jours où tu te sentiras frustrée par les douleurs ou l'inconfort, poursuivit maman, mais il y aura aussi des moments où tu te sentiras plus connectée à ton corps. C'est un voyage, et il est unique pour chaque femme.

Maman sourit, posant une main réconfortante sur l'épaule de Léa. N'oublie jamais que tu n'es pas seule. Tu peux toujours venir me parler, et nous trouverons des solutions ensemble, que ce soit pour soulager la douleur ou simplement pour discuter de ce que tu ressens.

Léa sentit une vague de gratitude l'envahir. Elle savait qu'elle pouvait compter sur le soutien de sa mère, et cela lui donnait une sensation de sécurité et de confiance.

— Merci, maman, dit-elle doucement. Je suis contente que nous ayons eu cette conversation. Maman lui sourit de nouveau, ses yeux brillants de tendresse, Moi aussi, ma chérie, moi aussi ma grande fille lui dit -elle joyeusement.

La conversation entre maman et Léa touchait à sa fin, mais elle se concluait sur une note de confiance et de positivité "Maman, le sourire toujours bienveillant, entoura tendrement Léa de ses bras."

Chapitre 6 : Mise au point.

— Ma chérie, aujourd'hui, nous avons ouvert ensemble un nouveau chapitre de ton livre de vie, dit maman, exprimant la gratitude et la fierté dans sa voix. C'est une étape naturelle, et je suis là pour t'accompagner à chaque page, pour répondre à tes questions, te soutenir dans ce merveilleux voyage à chaque fois que tu me le demanderas.

Léa ressentit un mélange d'émotions, allant de la curiosité à la confiance, alors qu'elle envisageait le futur avec une perspective renouvelée.

— Souviens-toi toujours, ma chérie, que tu n'es jamais seule dans ce voyage. Que ce soit pour partager tes joies, tes préoccupations ou simplement pour échanger des mots, je suis là, assura maman, scellant cette promesse avec   un baiser   sur   le front   de Léa.

Maman souligna que chaque fille vivait cette aventure à son propre rythme, et il n'y avait pas de bon ou de mauvais chemin.

— C'est une exploration personnelle, et tu as le pouvoir de décider comment tu veux aborder chaque nouvelle expérience, ajouta-t-elle avec une voix douce et rassurante. Léa comprit alors qu'elle avait la liberté et le soutien nécessaires pour naviguer à travers cette période de sa vie avec confiance et autonomie.

— La vie est une magnifique aventure, et tu grandis chaque jour un peu plus. Sois fière de qui tu es et de la femme exceptionnelle que tu deviendras, encouragea maman, transmettant une confiance inébranlable à sa fille. Ce nouveau chapitre se présentait comme une toile vierge, prête à être peinte avec les couleurs de l'expérience, de la découverte et de la croissance.

Maman, avec son amour inconditionnel, avait jeté les bases d'une relation ouverte et de confiance qui continuerait à évoluer au fil du temps.

— Ce n'est que le début, ma chérie. Le nouveau chapitre s'ouvre, et je suis excitée de le voir se déployer avec toi, conclut maman, son regard empli d'anticipation pour les nombreux chapitres à venir. La chambre était remplie d'une atmosphère chaleureuse, symbolisant la force de la connexion mère-fille. Ensemble, elles avaient navigué à travers une conversation délicate, tissant les fils d'un lien qui se renforcerait au fil des ans. Ce moment de partage et de compréhension mutuelle marquait le début d'une nouvelle ère pour Léa, une 1ère où elle savait qu'elle pourrait toujours compter sur l'amour et le soutien de sa maman.

Alors que Léa se blottissait un peu plus contre sa mère,

elle sentait un profond sentiment de gratitude et de sécurité. Elle savait que, peu importe les défis à venir, elle ne serait jamais seule. Ce nouveau chapitre de sa vie était empli de promesses et de possibilités infinies, et elle était prête à l'aborder avec courage et détermination.

Ensemble, elles restèrent là, enveloppées dans une étreinte qui parlait plus que mille mots, prêtes à accueillir chaque nouvelle page de cette belle aventure qu'est la vie d'une femme responsable.

Chapitre 7: La joie de grandir

Maman et Léa, ayant atteint la dernière étape de leur conversation spéciale, ont plongé dans un chapitre de positivité et d'acceptation. Maman, avec un sourire encourageant, posa une main douce sur l'épaule de sa fille.

— Ma chérie, parlons maintenant de la joie de grandir, commença maman, cherchant à insuffler une énergie positive au ton de ce moment d'évolution. Cela peut sembler étrange au premier abord, mais c'est un signe que tu grandis, et c'est une grande aventure de devenir une femme.

Léa, à l'écoute, absorba les paroles de sa mère, prête à embrasser cette nouvelle perspective.

—La vie est faite de changements, ma chérie, et chaque étape de la vie apporte son lot d'aventures et de découvertes, expliqua maman.

–Ce que tu vis maintenant, avec l'arrivée de l'invité mensuel, est une partie spéciale de cette aventure.

Maman souligna que même si cela peut sembler déconcertant a célébration de la croissance et du développement. Elle encourag passage vers la femme forte et merveilleuse qu'elle était destinée

–La joie de grandir, ma chérie, c'est de comprendre que chaque étape de ce voyage a sa propre beauté. Sois émerveillée par les mystères de la vie et accepte-toi pleinement, expliqua maman, illuminant le visage de Léa d'un sourire éclatant.
–Chère enfant, le secret du bonheur est de savourer chaque étape de la vie pour sa propre beauté.

Après avoir écouté les paroles réconfortantes de sa mère,

Léa eut une tout autre vision de l'aventure qui l'attendait. Elle comprit que chaque obstacle, chaque défi, était un joyau sur le chemin de la maturité.

— Tu grandis avec grâce et beauté, ma chérie. Je serai là à chaque étape du chemin, célébrant avec toi, te guidant et t'aimant inconditionnellement, déclara sa mère en la serrant tendrement dans ses bras.

C'était un moment de connexion profonde symbolisant la transmission de la sagesse, de l'amour et du soutien entre une et sa fille. La joie de grandir était maintenant une réalité tang prête à être explorée avec confiance et fierté.

**Chapitre   8   Conclusion   -

La conversation entre maman et Léa touchait à sa fin, mais elle se termina sur une note de confiance et de positivité. Maman, toujours avec un sourire bienveillant, prit tendrement sa fille dans ses bras.

— Ma chérie, aujourd'hui nous avons ouvert un nouveau chapitre dans ton livre de vie ensemble, déclara maman, exprimant sa gratitude et sa fierté dans sa voix.
— C'est une étape naturelle, et je suis tellement fière de toi.

Léa ressentit un mélange d'émotions, allant de la curiosité à la confiance, alors qu'elle regardait l'avenir avec une nouvelle perspective.

— Souviens-toi toujours, ma chérie, que tu n'es jamais seule dans ce voyage. Que ce soit pour partager tes joies, tes préoccupations, ou simplement pour échanger des mots, je suis là assura maman, scellant cette promesse avec un baiser sur le front de Léa.

Maman fit remarquer que chaque fille vivait cette aventure à son propre rythme, et qu'il n'y avait pas de bon ou de mauvais chemin. Il s'agissait d'une exploration personnelle, et Léa avait le pouvoir de décider de la façon dont elle voulait aborder chaque nouvelle expérience.

Le nouveau chapitre se présenta comme une toile vierge, prête à être peinte aux couleurs de l'expérience, de la découverte et de la croissance. Maman, avec son amour inconditionnel, avait jeté les bases d'une relation ouverte et confiante qui continuerait d'évoluer au fil du temps.

—Ce n'est que le début, ma chère. C'est un nouveau chapitre, et j'ai hâte de le voir se dérouler avec toi, conclut maman, les yeux remplis d'anticipation pour les nombreux à venir.   chapitres

La salle était remplie d'une atmosphère chaleureuse, symbolisant la force du lien mère-fille. Ensemble, elles avaient navigué à travers une conversation délicate, tissant les fils d'un lien qui allait se renforcer au fil des ans.

—La vie est une merveilleuse aventure, et tu grandis un peu plus chaque jour. Sois fière de ce que tu es et de la femme exceptionnelle que tu deviendras, encouragea maman, transmettant une confiance inébranlable à sa fille. Ainsi va la vie.

Le Premier Défi

Léa se réveilla ce matin-là avec une sensation d'inquiétude. L'Invitée Mensuelle était là, et bien que sa mère lui ait parlé des hauts et des bas, elle ne s'attendait pas à se sentir aussi fatiguée. Elle avait prévu de passer la journée avec ses amies au parc, mais elle se sentait à la fois excitée et nerveuse.

En se regardant dans le miroir, elle remarqua les petites marques de fatigue sous ses yeux. Elle se demanda si elle avait vraiment l'énergie nécessaire pour profiter de cette sortie. Elle se souvint des conseils de sa mère : "Écoute ton corps, ma chérie. Si tu as besoin de te reposer, fais-le sans hésiter."

Elle décida de prendre un petit déjeuner copieux. Le repas préparé par sa mère était réconfortant: des

tartines de pain complet avec du miel et un verre de jus
d'orange frais. En prenant sa première bouchée, elle se
sentait un peu plus prête à affronter la journée.

Lorsqu'elle rejoignit ses amies au parc, l'ambiance était
joyeuse et animée. Elles rirent et jouèrent, mais au fil
des heures, Léa commença à ressentir des crampes, ce
qui altérait son humeur. Elle essaya de cacher son
inconfort, mais ses amies, attentives, le remarquèrent
rapidement.

— « Ça va, Léa ? Tu sembles un peu... différente
aujourd'hui, » demanda Sarah, l'une de ses amies les
plus proches.

Léa hésita, puis se souvint des mots de sa mère sur
l'importance de parler de ses émotions. Elle prit une
profonde inspiration.

— «Je me sens juste un peu fatiguée et j'ai des crampes, » avoua-t-elle finalement, rougissant légèrement.

Ses amies, compréhensives, lui proposèrent de s'asseoir un moment à l'ombre d'un grand arbre. Elles se regroupèrent autour d'elle, prêtes à lui offrir du soutien.

— « Tu sais, ma sœur m'a dit qu'il y a des tisanes qui aident beaucoup, » ajouta Mia, en lui tendant un verre d'eau. « Et puis, il y a aussi ces petits trucs que tu peux faire pour te sentir mieux. »

Léa sourit, reconnaissante. À ce moment, elle réalisa qu'elle n'était pas seule dans cette expérience. En discutant avec ses amies, elle apprit des astuces que chacune avait développées pour gérer ces moments délicats. Entre les blagues et les conseils pratiques, la journée devint un mélange de rires et de partage.

À la fin de la journée, même si elle était épuisée, Léa se sentit plus forte. Elle rentra chez elle, le cœur léger, et trouva sa mère dans la cuisine.

» demAloda, rcammane avscetnpxosséerta journée ?

» concC'hétaçtaglénáa.laVaMtaidej'raiocenter saosfirentratfóicsilet comment ses amies avaient été là pour la soutenir. Maman l'écouta attentivement, un sourire fier sur son visage.

Tu vois, ma chérie, chaque expérience est une occasion d'apprendre et de grandir. C'est formidable que tu aies pu partager cela avec tes amies. Et souviens-toi, je suis toujours là pour toi, même quand tu te sens un peu perdue, » dit-elle en l'embrassant sur le front.

Léa se blottit contre sa mère, heureuse de pouvoir compter sur son soutien inconditionnel. Cette journée avait été un défi, mais elle avait aussi été une occasion d'apprendre à se connaître un peu mieux et à s'entourer de personnes bienveillantes.

Elle savait désormais qu'elle pouvait traverser cette période avec confiance, entourée de l'amour de sa mère et de l'amitié de ses proches. En se couchant, elle se sentit prête à accueillir les nouveaux défis qui l'attendaient.

Les Échos de l'Amitié

Les jours passèrent, et Léa se sentit plus à l'aise avec son corps. Ses amies lui avaient donné des conseils précieux sur la gestion de son cycle, et leur soutien avait renforcé les liens d'amitié qui les unissaient. Un après-midi ensoleillé, alors qu'elles se retrouvaient au parc, une ambiance de fête régnait parmi elles.

Tom, de son côté, avait observé avec attention la relation entre Léa et ses amies. Son admiration pour Léa grandissait de jour en jour. Il aimait sa détermination et sa capacité à surmonter les défis avec une telle grâce. Cependant, une petite inquiétude s'installait en lui : il ne voulait pas qu'elle soit trop préoccupée par ses problèmes. Il voulait lui montrer qu'il était là pour elle.

Hé, Léa ! Tu veux venir jouer au basket avec nous ?»
demanda-t-il en la rejoignant. Les autres garçons étaient
déjà rassemblés sur le terrain, prêts à commencer un
match amical.

Léa hésita un instant, puis se rappela combien elle

aimait jouer. Elle accepta avec enthousiasme, heureuse

de partager ce moment avec Tom.

Le jeu commença, et la bonne humeur était contagieuse.

Tom se battait pour le ballon avec énergie, et Léa se

rendit vite compte qu'elle pouvait compter sur ses

réflexes pour s'intégrer dans le jeu. Les rires résonnaient,

et même si elle était fatiguée par sa journée, l'adrénaline

et la camaraderie lui donnèrent de l'énergie.

Mais alors qu'elles jouaient, un petit incident se

produisit. En tentant un tir à trois points, Léa glissa et

tomba au sol. Le cœur de Tom s'emballa. Il accourut vers elle.

— « Ça va, Léa ?» demanda-t-il, inquiet.

Elle se redressa en riant, un peu gênée. — « Oui, oui, juste un petit accroc !»

Il l'aida à se relever, et leur regard se croisa un instant. Léa sentit un frisson parcourir son dos, et un léger sourire apparut sur le visage de Tom. Ils reprirent rapidement le jeu, mais quelque chose avait changé dans l'air. Léa était consciente que Tom était là pour elle, non seulement comme un ami, mais peut-être un peu plus.

Après le match, le groupe se rassembla autour d'une table de pique-nique pour partager des collations. La discussion s'anima autour des prochains événements du club de basket, des compétitions à venir et des objectifs à atteindre. Léa se sentait pleinement intégrée, une partie de ce groupe qui partageait tant de rires et de rêves.

Mia, avec un sourire malicieux, s'adressa à Léa. — « Et alors, Léa, tu as un petit faible pour quelqu'un dans cette équipe ? »

Les rires éclatèrent, et Léa, un peu confuse, se mit à rougir. Elle lança un regard furtif à Tom, qui avait l'air amusé.

Quoi? Je n'ai pas dit ça!» répondit-elle, en riant, tout en tentant de masquer son embarras.

Les autres continuèrent à taquiner Léa, et, dans le fond de son esprit, elle se mit à réfléchir à ses sentiments. Pourquoi Tom l'attirait-il autant ? Elle savait qu'il était gentil, compréhensif et si attentif.

La soirée se termina par un coucher de soleil magnifique, et alors qu'ils rentraient chez eux, Léa réalisa combien cette journée avait été précieuse. Non seulement elle avait surmonté ses craintes, mais elle avait aussi appris à apprécier les petites choses de la vie : l'amitié, le soutien, et peut-être même un début de romance.

Dans la voiture, Léa sourit en repensant à tous ces moments. Peut-être que les défis de la vie n'étaient pas si effrayants après tout. Elle se sentait prête à accueillir tout ce qui viendrait, entourée de ses amis et de l'affection grandissante qu'elle éprouvait pour Tom.

Le Match Décisif

Le grand jour était enfin arrivé. Les joueurs de l'équipe de Léa, survoltés, attendaient avec impatience le coup de sifflet qui lancerait le match contre l'équipe de National 4 de Brunoy. La salle était comble, remplie de familles, d'amis et de supporters, tous venus encourager leurs équipes.

Tom et Léa échangèrent un regard complice dans les vestiaires. La pression était palpable, mais ils savaient qu'ils pouvaient compter l'un sur l'autre. Ils s'étaient entraînés dur pour en arriver là, et maintenant, c'était le moment de briller.

Le coup de sifflet retentit, et le match commença. Les deux équipes se disputaient chaque point, et la tension montait à chaque seconde. Les passes étaient précises, les dribbles impeccables, mais l'équipe de Brunoy ne lâchait rien. À la mi-temps, le score était de 45 à 44 en faveur de Léa et de son équipe.

On peut le faire, les gars!» cria Tom dans le vestiaire. «Restez concentrés!»

Le match reprit et l'intensité monta d'un cran. Chaque action était suivie par des cris d'encouragement de la foule. Léa, avec sa vitesse et son agilité, s'illustra sur le terrain, marquant plusieurs paniers décisifs. Tom, quant à lui, se battait avec acharnement sous le panier adverse, prenant des rebonds cruciaux.

30/10/2024

Le Moment Clé

Il ne restait plus que deux minutes au tableau. Le score était à égalité, et l'atmosphère était électrique. Les deux équipes se battaient pour chaque point, le ballon circulant de main en main. Tom se retrouvait souvent face à face avec le meilleur joueur de Brunoy, un défenseur redoutable. Mais il avait confiance en ses coéquipiers et, surtout, en Léa.

À quelques secondes de la fin, le ballon arriva dans les mains de Tom. Il savait que c'était le moment décisif. Il dribbla rapidement vers le panier, esquivant les défenseurs. La foule retenait son souffle. Il lança le ballon, et, dans un geste fluide, il exécuta un tir à trois points.

Le ballon s'éleva dans les airs, et le temps sembla ralentir. Les yeux de Léa brillaient d'excitation, ses cris résonnant dans l'arène: «

Allez, Tom!»

La Victoire

Le ballon entra dans le panier avec un fracas retentissant. Les spectateurs explosèrent de joie. Tom fut submergé par ses coéquipiers, célébrant la victoire.

On l'a fait!» s'écria Léa, courant vers lui. Ils se jetèrent dans les bras l'un de l'autre, le bonheur illuminant leurs visages. La victoire était non seulement celle de l'équipe, mais aussi le début d'un nouveau chapitre pour eux deux.

La Victoire

Célébration

Après le match, une grande fête fut organisée. Les familles et amis se réunirent pour célébrer cette belle victoire. Des médailles furent remises à tous les joueurs, et une ambiance joyeuse régna pendant le repas. Les rires et les chants emplissaient l'air, et chacun savourait ce moment de triomphe.

Tom et Léa se retrouvèrent à l'écart, sous les lampions qui illuminaient la soirée. Leurs cœurs battaient à l'unisson, et une certaine nervosité flottait dans l'air.

Je suis tellement fière de toi, Tom», dit Léa, son regard brillant.

Il sourit, prenant une grande inspiration. « Léa, je dois te dire quelque chose... »

Confiance et Promesse

Avant qu'il puisse terminer, elle le coupa, un sourire radieux sur le visage. «
Je sais, Tom. Je ressens la même chose.»

Leurs mains se touchèrent doucement, et ils échangèrent un regard chargé d'émotion. Dans ce moment, ils comprirent que leur amitié s'était transformée en quelque chose de plus profond. Ils avaient traversé tant de choses ensemble, et cette victoire n'était que le début d'une nouvelle aventure.

En se tenant la main, ils retournèrent vers leurs amis, prêts à célébrer non seulement leur succès sportif, mais aussi le début d'une belle histoire d'amour.

Épilogue: Un Nouveau Départ

<u>Explication pour votre jeune fille</u>

Les menstruations font partie intégrante de la vie des femmes, indiquant leur capacité potentielle à concevoir un enfant. Les premières menstruations d'une jeune fille seront probablement légères, se manifestant peut-être par quelques gouttes de sang et seront initialement irrégulières avant de suivre un cycle régulier. En moyenne, elles surviennent toutes les 28 jours et durent de deux à sept jours.

Il est normal d'éprouver divers symptômes pendant les menstruations, tels que des douleurs lombaires ou abdominales, une sensibilité mammaire, des maux de tête, de la fatigue, des ballonnements, des changements d'humeur ou des envies de nourriture.

Expliquer à une jeune fille la biologie des menstruations peut être bénéfique. Environ tous les 28 jours, un ovule est libéré par l'un de ses ovaires, un processus appelé ovulation. En même temps, des fluctuations hormonales

Les mois passèrent, et la vie continua. Tom et Léa se rapprochèrent, soutenant leurs rêves respectifs tout en s'amusant ensemble. Ils participèrent à d'autres tournois, organisèrent des événements sportifs pour la ville, et bâtirent des souvenirs inoubliables.

Un jour, lors d'un match amical, Tom et Léa se retrouvèrent sur le terrain, main dans la main. Ils étaient prêts à affronter ensemble tous les défis, forts de leur amitié et de leur amour.

Et alors que le soleil se couchait, illuminant le ciel d'une douce lumière dorée, ils réalisèrent que leur parcours ne faisait que commencer.

Cup protection slip serviette hygiénique tampon

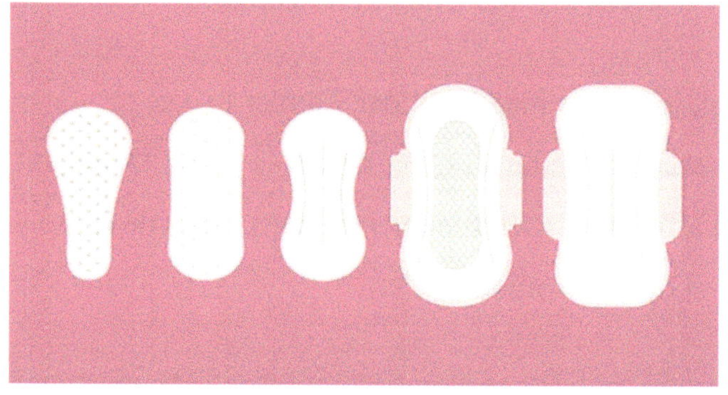

Maman C'est Quoi Les Règles

Dans cette histoire émouvante, suivez Léa, une jeune fille

traversant l'expérience des règles pour la première

fois. Inquiète et confuse, Léa trouve réconfort et guidance auprès de sa maman bienveillante.

À travers des conversations sincères, sa mère lui explique les changements de son corps et l'aide à voir cette nouvelle étape comme une aventure naturelle et positive.

Une conversation que devrait avoir toutes les jeunes filles avec leurs mamans

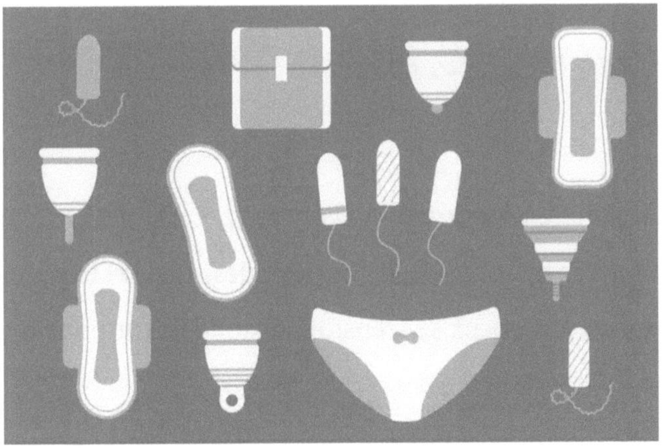

La Surprise Magique

30/10/2024

Martine . S

Maman, c'est quoi les règles

La Surprise Magique

Maman, c'est quoi les règles

Un récit plein de tendresse et d'amour pour la petite Léa. La
à ne pas avoir peur pendant ces périodes. Elle lui expliquera
santé et que son corps se transforme doucement pour la prép

30/10/2024

Il est très important de lui expliquer que ce processus est nature
filles à un moment donné. Il n'y a pas d'âge précis, mais généra
ou 9 ans jusqu'à environ 13 ou 14 ans. Chaque femme vit cela à

Vous verrez que cette histoire est très imagée tout en étant
précise et réaliste Bonne complicité avec votre enfant.

Je vous souhaite une belle complicité avec votre
enfant, telle que j'ai eu avec ma fille.

Notes personnelles sur ce sujet :